꼬부라진 비명이

잘려나갔어

꼬부라진 비명이 잘려나갔어

© 2022 김새록

초판인쇄 | 2022년 11월 10일
초판발행 | 2022년 11월 15일

지 은 이 | 김새록
펴 낸 이 | 배재경
펴 낸 곳 | 도서출판 작가마을
등   록 | 제 2002-000012호
주   소 | 부산광역시 중구 대청로 141번길 15-1 대륙빌딩 301호
         T. 051)248-4145, 2598 F. 051)248-0723 E. seepoet@hanmail.net

ISBN 979-11-5606-206-6 03810 정가 10,000원

※ 이 책의 무단전재 및 복제행위는 저작권법에 의거, 처벌의 대상이 됩니다.

※ 본 도서는 2022년 부산광역시, 부산문화재단 지역문화예술특성화지원 '부산문화예술지원사업'으로
지원을 받았습니다.

작가마을 시인선

54

꼬부라진 비명이
잘려나갔어

김새록 시집

도서출판
작가마을

시인의 말

획
섬광이 스쳐 지나간다
홀린 듯 쫓아가다가 놓쳐버린
허기진 몸이 갈구한다

햇빛과 달빛을 버무려 허리를 세운다

더하고 뺀
날아다니는 언어의 무리가
저만치서 어서 오라고
또
다시
손짓한다
그 아우라가 황홀하다

2022. 가을에

김새록

차례

차례

작
가
마
을
시
인
선
54

3부

○ 꼬부라진 비명이 잘려나갔어

김새록

제1부

밤의 소실점

밤나무가 빽빽하게 서 있었어
여름과 가을 사이로

비구름이 건들바람을 밀어냈어
허수아비는
들판에서 새떼를 몰아 냈었어

적갈색 깃을 세운
쑥부쟁이는 둑길에서 해를 차 냈어

연주회 아침이었어
붉은 햇살이
하늘 끝에서 손 하나
금을 그으며 사라지는

꼬부라진 비명이 잘려나갔어
숨결이 잦아진 숲은
다시 일어설 기세로 흔들렸어

봄과 겨울 사이에서 별은 더욱,
빛났어 길이 보였어

거미집

실타래 덫에 걸리지 않으려고
실을 타고 해가 졸고 있다
거미는 키가 큰 도토리나무
끄트머리로 옮겨와 집을 짓는다
막힌 길이 버티고 있다
헛바퀴를 돈다
공기가 뜨거워질 때까지
엇갈린 줄을 가위질하자
바람이 지나가고 굴착기 소리가 들린다
비탈길도 찾아보고 놀이터도 기웃거리며
개미 친구들도 오지 않은
사마귀가 거미를 삼키려고 거리를 좁혀오는 길
이윽고
거꾸로 세상 펼쳐 보기를 하는 거미
빠져나간
집 한 채
나는 동그마니 빈 하늘을 본다

무정차 역

동해남부선 송정역
미아가 되어 떠나고
숱한 발자국 남기며 새하얀
모래톱을 퍼날랐어
썰물이 북쪽으로 돌아서는 동안
플랫폼은 접혀지고
널브러진 해파리 허리가
서럽게 할퀴는 군무로
수은등 긴 팔을 휘저었어
파도 소리를 쓰러뜨리는
연안의 서치라이트가 흐느꼈어
갈매기 호곡소리 내뱉는
해녀 닮은 풀잎을 적시고
녹슨 철길이 지워졌어
저녁이 실어 나르는
산등성은
송정역의 쓸쓸한 밤을 풀어냈어
숨결이 방파제 밖에서 쓰러지고
밤은 또 오고
오래 전에서 오고 있는 우리의 약속은
이제 어디서 만날 수 있을까

펭귄마을엔 펭귄이 없다

함박눈 오는 날 펭귄마을에는
처마 밑 고무래가 눈사람을 세운다

'시방 신장로로 와부르-랑께!'
외쳐대는 골목
발자국들이 넘나든다

단발머리에 나일론 치마를 입은
벽화 속 가시나가
수줍게 웃고 있다

눈 덮인
샘물 속에서 어린 내가 보인다

오늘이 녹아내린다

담벼락에 쓰여 있는 문장
'도구통에 벌거지가 있은께 깨깟이 씨꺼라'

부엉이 울음소리
사투리로 불을 지핀다

〉
'그렁께 뭘라고 서두러부러야'
불이 나서 노인들이 떠나버린 마을에
버려진 것들의 주소지

시간 여행 엽서 한 장이
눈빛처럼 거시기하다

펭귄 마을엔 펭귄이 없다

＊펭귄마을; 광주광역시 양림동 위치

회로 하는 달 1

나는 비스듬히 허기진
허리를 안고 버티었다
난간이 없는 돛대에
전생을 의지하여
모호한 전정의 유성을 빨아들였다
살별들은 일제히 심장을 열고
기약하지 못하는 별의
신선한 꿈을 배달했다
흘러넘치는 어둠은 폭발하고
오직 내 안의
성스러운 짐승들을 불러 모았다
거대한 섬광이
화사한 뒤안길을 날아올랐다
침상은 흩날리는 구름 사이
온갖 별자리들로 우물을 깊이 품었다
큰곰자리별이 자아올린
눈웃음에 젖어들어
우울한 도시를
반쯤 잠들게 다독였다
길어 올린 호수가
화안한 미소를 퍼날라

모감주나무 사이로 출렁였다
아직 숙취에서
깨어나지 못한 사람들은
그리움을 하나씩 달아걸었다

회로 하는 달 2

강둑은 홀로
춤과 격렬한 꽹과리로 무너지고
잠을 유보한 채
강물과 남몰래 밀어를 떠올렸다
서러움에 몸을 떠는
마을의 불빛도 흐려지고
한금씩 빛을 채웠다
낮은 지붕마다
쓸쓸한 잔해들이 흩날렸다
섶게 눈이 뜨거워진
흐느끼는 숲을 적셨다
지상은 서린 독기로
어쩔 수 없는 안개를 피우고
이슥한 뜰을 벗겼다

내가 창백한 얼굴에 지쳐
수평선 가장자리로 돌아들면
분노를 억누르는 나무들이
강가에 도열한다
수면에 비친
그림자를 집어 올렸다

깊은 물 속에 잠들어 있는
구비치는 은빛 다랑어를 좇아
오랜 여정의 뒷덜미에
곤한 어깨를 내려놓았다
막다른 길은
커다란 파도가 물구나무 서 있고
나는 어느새 돌아가는 길목에 서 있었다

벙시레

막걸리 한 사발에 취기 오른
푸른 달빛이
해운대 아이파크 귀퉁이에
허기진 몸으로 걸쳐 있다
광안리 바닷가 갈매기가 이기대의
못다 핀 해국 소식을 전하자
나는 그냥, 실없이 웃는다

마천루에서 흘러나온 불빛은
파도의 울부짖음 곁에 있고
불 꺼진 편의점 위의
흐려진 문자를 따라가다 보면
갇힌 기호들이 열리고

낡은 침대로 비집고 들어온
그믐에서 보름으로
돌아가는
환한 발자국

검은 꽃무늬 양산 속을 걷다

가슴이 없는 태양은 세상을 휘어잡는다
된 더위를 쏟아붓는다 하늘을 누비고 땅을
짓밟으며 퍼져나간 위력에 지렁이가
항복을 하고 길 위에 대자로 누워있는 거리로
검은 꽃무늬 양산이 걸어간다
양산 속에서 여자는 알몸의 태양을 즐기며
하얗게 핀 꽃무늬로 변신한 채 무차별적으로
칼끝을 휘두르는 뙤약볕을 품는다
너는,
잉카제국의 염전 밭을 지나
여름을 뜨겁게 달구었으매 내일은
푸른 나락이 황금들녘으로 해탈할 것이고
사과 빛이 더욱 붉어질
너의 절정을 적시는 여자는,
사랑이 짙어가는 배롱나무 곁에서
익어가는 태양의 열매를 그리며
날개를 펼쳐 든
검고 하얀 꽃무늬 양산 속을 걷는다

달빛 연주

가시덤불 너머 풀밭 쓰다듬으며
휘청거리는 발걸음 적신다
푸른 산맥을 휘돌아나가
소슬문 차단된 옛집 뜨락 어루만진다
은하수가 그려진 치맛자락 흘러넘치고
교교한 광시곡이 구름 사이로 펼쳐진다
버들가지 발레를 추는 듯한 그림자
망각의 강물 건너 치솟는 물살에
팔만 사천 송이 모란의 극락조가 안긴다
붓다 곁에서 머리 수건을 흔드는 어머니가
보리수 잎으로 지은 나비옷 입고
숨어버린 세상 문을 연다
소생하지 못하는 메아리
기나긴 가락에 귀 기울인다
가슴 타오르는 열정을 죽이고
밤이 짙은 바람을 자아올린다
달빛 타는 사람들 등 뒤에서
길을 멈춰 서서 머뭇거린
어머니 눈부신 환상을 흩뿌린다

서녘하늘

노을 울컥거리는 소리 듣는다
서쪽은 손을 놓고
단풍 타는 소리에 귀 기울인다
울음에 취한 사람들이
기우는 해를 안고 돌아온다
아늑한 추녀 끝에 조롱박 같은
꽃불을 매단다
일찍 뜬 달을 매단다
문신이 된 달도 있다
단풍나무는 서쪽으로 기울고
새 한 마리 나무에 올라앉았다
지금 울고 있는 새는
단풍나무 따라 날아갈 것이다
새의 날개를
바람이 가만가만 흔들고 있다
붉게 탄 꼬리가 점점 사라진다

난밭

돌돔이 어시장 귀퉁이에 걸려있다

생선장사 양동이가 출렁일 때마다
해는 꼬리를 치켜든다

돌돔 아가미에 바람이 드나들고
햇살 빠진 어항의 흔들림은
질척한 어시장 바닥을 끌고 간다

에돌아 온 포구 끝
너에게 닿는 일이 아직도 멀고 멀어

너만 쉽게 간다고 생각했다

경매사가 전해준 머드러기
수족관 앞 트럭 계기판에 걸려있고

저만치 비켜있는 어시장의 천막들만이
바람이 갈겨쓴 편지를 읽느라 펄럭인다

비워내기

삼나무가 햇살 한 줌 삼키며
싸리 빗자루 이고 서 있다
타다만 눈썹은 불꽃을 끄고
바람 따라 하얗게 쏟아진다
뙤약볕은 긴 휘장 걷어내고
극락조 날개 퍼덕이는 동안
머나먼 비탈길 환히 쓸어낸다
버섯구름과 뒹굴며
산나리 안고 춤추는 회양나무
오래된 산모롱이 돌아선다
눈먼 불나방은 밤을 기다려
잿빛 갈기를 나풀거릴 때
직선으로 치닫는 늪을 굽어본다
봄이 가고 또 휘젓는 가을 하늘에
강 건너 오솔길이 실눈 뜨면
엇갈린 더듬이의 끝이 떤다
길은 휘어져 다시 저물고
아득한 산골 마을에 별 지면

황망히 돌아서는 한 사람이 보인다

신명

살이 익어가는 오뉴월에 햇볕을 꺾는다
궁둥잇바람 불어대는 노랫가락에
불꽃 솟구치는 그림자를 읊는다
직선으로 흐르는 음표
언어들의 군무가 푸른빛으로 발산한다
하늘을 날아가는 산등성 서쪽에서
농축된 가슴 하나 출렁인다
불타는 노래 환한 홍염을 훑는다
다듬잇돌로 누르고 있는 농축된
가슴 응어리 리듬 타며
모닥불 태워
백사장에 뿌린
모래알 틈 속으로
못다 핀 해당화가 피고 떨어진다
희끄무레 날아가는 새떼들
바람칼 따라가며 춤사위를 펼친다

갯바람 품속

알몸으로 눕고 싶은 바다
고갱의 그림을 눈에 담는다
비키니를 입고 비키니는 벗어던지고
원피스 차림의 수영복을 입는다
식인상어 꼬리뼈에 찢긴 소녀의 옷자락이
쉼 없이 꿈틀대는 파도에 등이 휜다
바다의 심해를 가른다

고향의 논두렁 냄새를 닮은 갯바람이
아늑한 놀빛을 머리에 올린
어머니 목소리를 싣고
옛집을 찾아 집안 가득
채송화 피고 지던 꽃잎이
다 떠나버린 마루에 남은 적막 같은
갯바위 품속으로 날아가는 연기를 끌어당긴다

모래밭 기슭을 따라
바람이 불고 뱃고동소리 읊어댄
밀물 구비마다
논두렁 냄새에 젖은 몸이 기울어진다

검은 비

산이 우는 눈물에 도시는 몸을 사린다
장막의 안과 밖이 숨죽인
눈물이 잠긴 신호등에 걸렸다
폐지 줍는 노인의 수레바퀴가 몸을 씻고
끊어질 듯 이어지는 생명줄의
리모델링 중인 인부들
부숴버리고 세운
세우고 부숴버리는
삶의 끄나풀이
앙다문 입술 속에서 꿈을 꾼다
강으로 간다
우산을 받쳐 쓰고 걸어가는 발등에서
피어나는 꽃대들
아직 바다로 가고 있다

파도를 따라

바다에 와서
더 넓은 품으로 바다를 품고 있는
하늘을 본다
바닷소리 듣고 있는 내 귀에서
출렁이는 바다의 멀고 가까운 이야기
오늘은 오륙도가 그의 말씀으로
물새를 날리는 바람을 본다
뱃머리에 출렁이는 파도를 따라 듣는
저 독도와 이어도의 이야기를 다독이는
남해와 동해 그리고 서해의 물빛
하얀 포말을 머리에 이고
펄럭이는 마스트의 깃폭을 본다
바다에 와서
바다의 이야기를 다시 듣는다
오대양 육대주로 뻗어나가는 기상을 듣는다
늠름하구나 바다여
바다 끝까지 울려 퍼지는 고동소리여
그 소리를 가슴 가득히 품고
오늘은 또 내일의 충만한
파도를 찾아 파도를 따라
높고 우렁찬 고동소리 울린다

꼬부라진 비명이 잘려나갔어

김새록

제2부

라인댄스를 추다

중년 여인들이 날개를 달았다
푸른 시절의 꽃잎을 달고
유럽의 남서풍에 몸을 싣다

'사랑의 기쁨' 가사에 취하고
달보드레한 리듬을 호흡하며
세월 잊고 살며시 눈을 감는다

몸과 마음이 어긋난 스텝
무딘 감성이 별처럼 돋아난다

양귀비꽃이 활짝 핀 꽃밭에
파르르 날아와 앉는 나비들

프라하 통신

나는 육신을 자르는 고통을 씹으며
무지갯빛 숲과 작별을 고했다
옹달샘 물을 먹고 자라는
아프리카 햇살 속으로 달렸다
메콩강 줄기를 피해 가며
삭막한 아시아 협곡으로 잠적했다
살점을 후벼 파는 저주는
죽어서 다시 태어나는 길이었다

뒤틀리는 희망은 아예 끊어지고
하얗게 변신한 백골이 되어
나의 정령은 질펀한 사막으로
찰츠부르크의 짙은 밤을 지나 쏟아졌다
억압에서 탈출한 이방인들 속에서
피멍든 얼룩 자국을 남겼다

나는 마침내 말라버린 타인으로
젖은 땅을 일구어 꽃을 피워냈다
천사의 눈부신 얼굴이 열리고
나는 찬란한 꽃의 신호에 따라
소련 탱크에 짓눌린 헝가리 소녀의

쓰라린 절규를 가슴에 가득 채웠다

* 김춘수 〈부다페스트에서의 소녀의 죽음〉 인용

접속

꽃길이 신호를 따라
알 수 없는 꽃잎들이 길을 열며 재촉한다

손가락은 재빠르게
수신된 아이콘을 뒤진다

하늘 평면에
떠있는 섬
전광판의
알 수 없는 암호
숫자를 눌러보고
방향을 클릭해보지만
너의 세계는 열리지 않는다

떨어진 꽃잎을 줍는다
꽃잎을 채운 주머니
전설 속
문을 닫고

섬을 돌고 돌아
별빛 한 줄기

〉

아이콘에 빠진다

또 하나의 섬이 손짓한다

하멜등대

무너지는 파도를 껴안으며
푸른 색깔로 써내려간
굴곡 깊은 서사를 읽는다
귀가 잘린 부표를 주고받으며
외로움이 치닫는 시간을 삼키는
불빛은 3초 간격으로 타오른다
생명의 용트림을 안으로 삼키며
오동도 타령 한껏 부라리다
뱃고동을 선착장 앞섶에 걸친다
테트라포드에 멍든 조가비 녹아내리고
태풍 속에서 네덜란드 풍차가 난파된다
튤립의 꿈을 썰물에 휘저으며
짙은 살갗을 방생하여
북서풍의 뱃길을 닦는다
서어나무 숨결이 교차하는
된바람의 흐느낌에 지쳐
서치라이트 긴 허리가 흐느적거린다
아득히 카리브제도로 기울어지는
표류기의 슬픈 문자가 흔들린다

사월의 춤

속살 하얗게 열어젖힌
신부

안기고 싶은
잉걸불

가슴 속
후벼 파놓은

겨울 산 넘고
건너온

면사포
훌훌 벗어 던진
.
.
.
꽃비

덕수궁 은행나무 1

돌담길 돌아들어
대한문 넓은 통로 기웃거린다
중화전 지나
석조전 못 미쳐
묵은 가지에 내려앉은 욕망
비워내느라 모여 서서 수런거린다
가을이면 언제나
서두는 샛노란 치맛자락
옛 상궁 나인들 지나는 길섶에
허리 굽혀 눈부신 잎 떨어뜨린다

가까이 서울시청 첨탑이 내려다보면
눈짓하는 수풀 사이
꽃피던 세월 더듬는다
사운대는 바람에 옷깃 여미고
비워낸 몸으로 허리 숙인다
한 시절 푸른 시간
땅에 묻는다
숨어 사는 궁궐 가득
유자 냄새가 하늘 치솟아
내관들 검은 길은 금빛 잎으로 덮인다

덕수궁 은행나무 2

그대 향기로운 가슴으로 들어서면
황금빛 강물이 흐른다
물길은 반짝이며 몇 천리
따라가며 꽃이 피고 진 궁궐 치솟는다
흐르는 물이랑은 너울져
샛노란 잎사귀로 출렁이고
나는 긴 팔을 흔들며
그대 잎 지는 황홀경에
돌아서면 강물은
끊임없이 흥청대고
서늘한 물보라 맞으며
눈부신 잎 지는 여울에 선다

꿈결인 듯 머무는 바람은
나비들 날려 춤추게 하고
저물어가는 노을에
못다 쓴 편지 띄워보낸다

숲 속의 길은 다시
떨어진 잎들 날려 보내고
흐느끼는 목소리를 품는다

새벽을 읽다 1

광안리 방파제 무인등대가
3초 간격으로 신호를 보낸다
새벽을 몰고 오는 빛
참새가 소리 내어 읽고 있다

짙은 초록 잎은 아직 꿈 속에 있다
시곗바늘은 네 시 삼분
참새들은 일제히 외쳐댄다
잠속에서 벗나무들이 귀를 세운다
어둠은 아직 꿈을 붙들고 있다

벗나무 숲 아파트들이
붉은 하늘을 바라보며
열리는 세계를 관망중이다

어둠을 몰아내고
하루를 여는 문
어제가 오늘 같고 오늘이 어제 같은
늘어진 일상과 지친 소음을
씻어내는 참새들의 외침으로
비로소 지상은 약동하기 시작 한다

방패섬 돌아

달은 파도가 키운다
뭍을 건너온 낯빛을 씻어내고
바다에서 떠오른다
밤낮으로 밀려드는 푸른 선인장
달빛은 어둠을 가른다
한류를 열어 흐르는 물길로
소금 절인 밤바람을 포옹하며
육자배기 한가락 펼치는
가슴 휘젓는 그리움 녹아내린다
해무와 몸을 섞은 어미 갈매기
물살 가르며 방패섬을 돌아 포획 중이다
갯벌에 아랫도리를 꽂은
물빛 어우러진 여섯 개 섬 위에
해저의 운율이 솟아오르고
달의 숨소리 실어낸다

해안선

어골문으로 찍어놓은 여러 발자국
글 깁는 물을 퍼 올리며
갈매기가 가나다라를 읊는다
북성호는 눈먼 윤슬을 밀어내고
알람이 울리는 시간을 조율한다
모래밭이 뻗어가는 해안선이 졸고
비상하는 바람의 역류를 따라
곤두박질하는 파도
모래알로 글밭을 이룬다
물갈퀴 찢어진 날개 끝에서
우수수 별이 떨어지고
갯물을 내비친 달뜬 먼 길을 돌아
어촌마을은 하얗게 누워있다
상처 난 흔적을 감춘
아직 읽지 못한 물이랑이 찢기고
둔치에 우뚝 선
포구나무 가지에 등대 불빛이 걸려있다

흡혈박쥐

자정의 하늘이 건물 모퉁이서
검은 별 하나가 날아간다
냉기를 머금은 긴 시간이
의연히 걸어 나오고
감춰진 날개는
시나브로 흔들리며 저문다
길이 저만치 익살을 부리며 오는 동안
여린 갈퀴가 귀를 세운다
가끔 바람이 감기는 소리에
시린 눈을 감는다
얼굴 반쪽 날아가는
반도의 음침한 헛간에서
세상의 내일을 꿈꾼다
언제나 시간의 깃털은 마르고
바람 부는 쪽에서
다시 시작된다

푸조나무 일기

먹이가 꿈틀거린다

해가 꼬리를 감추고 있을 때
골짜기의 울부짖음을 싣고 온 회오리바람이
'나는 푸조나무가 좋아 항상 그 자리에 있으니까'

개미가 벌레 시체를 물고 가다가
멈춰 서서 바퀴가 달린 발을 머뭇거린다

허기진 냄새가 불을 밝히고
몸살을 앓고 있는 어둠에게
물고 온 먹이를 나눠주고 있을 때

일개미를 따라가는
밤빛이 모여든다

바람이 마구 흩어진다

오백 살 그 쯤 먹은 푸조나무가
바람을 맞이하고
묵은 미소로

개미의 가느다란 허리를 어루만지며
'난 네가 좋아'

별빛 자락이
푸조나무 가지에 드리운다

눈빛이 가만히
마음의 움직임을 따라간다

산나리꽃

여인은 대바구니에 땡볕을 이고
사슬고개를 넘는다
소리 없는
몰아쉬는 숨소리가 퍼진다

여인은
콩밭이 타들어 간다며
발바닥에 청진기를 단다

며느리밑씻개가 한풀이하는
콩밭에
생기를 잃은 자식들의 눈망울이 있다
몸이 탄다

먼 기억일수록 더 환해지는

너덜겅 길
도랑물을 지나

뱀이 똬리를 튼
주시하는 산비탈에서

산나리꽃이 눈을 준다

여인의 땀방울이
까맣게 박혀 있는 점, 점
여름을 불사른다

그믐달

비스듬히 허기진 몸

동쪽 하늘 귀퉁이에

고추바람 가르며

구멍 난 침대로 비집고

실루엣 여자에게 파고든

아랫 눈시울

축제

하수종말처리장 폐수와
바닷물이 몸을 섞은
현란한 몸짓으로 합궁을 한다

벨리댄스를 연출하며
불기둥을 생산한 욕망의 날개가
물고기 터전을 가로지른
축제 무대

어둠이 무뎌진다

바람의 자지러진 소리에
고양이는 처절한 울음소리를 삼킨다

불빛은 가로등의 침묵 속에
막을 내리고
무거운 커튼을 젖힌다

불이 꺼진
몸을 섞은 바다가 점호를 하며
하루의 시작을 수신한다

여행

동굴 속에서 별똥별을 찾아 나선다
열어젖힌 커튼 속으로 날아가는
이방인들의 무수한 언어들이
땅과 하늘 사이로 고공행진 하는 빛이 부시다
아모르강이 흘러가는
푸른길을 걷는다
발걸음이 아다지오로 춤을 추고
바람이 숨을 쉬는
해가 기운 자리에 밤이 들어앉는다

거리에 흘린 오늘의 발자국을 주워 담는다
꼭지점이 마주했던
온몸을 감싸는 빛이 희희덕거린다

아직 날개를 활짝 펼치지 못한
동영상이 막을 내린 무대 위에서
오방색이 펼쳐진 채 펄럭인다

제3부

파도의 비망록

바다의 늑골 안으로 불빛을 품는다
선착장 뒤편으로
독기 서린 파도가 일어서고
풍문이 차단된 어둠이 감긴다
물보라가 돛대 끝에서
휘어지는 동안
먼 수평선이 항로를 연다
묵언 속에서 피어나는
북극의 한랭전선
태곳적 대서양의
일천 물너울이 흘러내린다

열기가 넘치는 심해어들
닫힌 귀 하나의 문을 열고
온갖 세상 창문들은
소리를 일으키며
부서지는 비수의 끝머리를
파도의 비망록에 던진다

길고양이의 하루

발톱 부러진 고양이
박쥐들이 득실거린
벽과 벽 사이
담과 지붕 사이를 헤매다
하룻밤 다리 뻗고 누울
잠자리를 찾는다

사냥개가 냄새를 맡고 덤벼든다

숨을 죽이며
낡아빠진 나무 의자 뒤에 숨어
불을 뿜는 푸른 눈빛

그림자가 걸터앉았던 의자에서
무심히 지나간 시간
욕망의 불은 잠시 멈춰진다

처절한 대치상황을 잠재운 고요
생존투쟁이 남긴 생채기를
밤하늘을 보며 씻어내린다

종일 벽 사이를 기웃거렸던
기억들을 무장 해제하고
덫에 상처 난 다리를 안고
뇌파탐지기의 스위치를 끈다

푸른 바람 뒤에서
코고는 소리 푸 으 푸으
한밤의 은하수 건너기 위하여
별빛을 안고
깊은 잠속으로 들어간다

어머니의 텃밭

하늘에서는 어떤 텃밭을 가꾸시나요
그곳에도 아이를 갖게 해준다는
흰배롱나무가 있나요
당신의 한숨 소리 들어주는
동백꽃과 동박새도 있나요
대나무숲 댓잎들이 안부를 묻습니다

세월의 경전에 눌러 쓴
창고 깊숙이 감자 씨 두듯
설움이 어머니의 일기를 읊어줍니다

텃밭에 고단함을 동여매고
빈 땅이라면
손바닥만 한 자리라도
상추며 가지며 오이를 심었던
거북손 마디, 마디
자식들 입에 넣어주었던
풀물 밥상

눈시울 붉힌 햇살 걸쳐놓고
높지도 낮지도 않게

환한 얼굴로 동백꽃을 맴돕니다

마당에 누워있는 해그림자는

빈 항아리 곁을 지키고 있는
백명자 꽃잎 위에
당신의 울고 웃는
꽃무늬 몸뻬 바지를 새깁니다

가족

듣지 않고 말하지 않아도
서로 보이는
처음과 끝에서 맴돌고 있는
평생 풀어내는 실타래이다

벗어날 수 없는 고리

때로는 붉고 푸른 기쁨이 흐르고
때로는 채이고 밟혀서 자지러지는
소리도 감지하는 촉감을 지니고 있다

거친 바람 불어오는 날

쌀 한 톨
빗물 하나 가지고도
언성을 높이다가
돌아서면 그 언성이 가시가 되어 눈물짓는다

세상이 내 편이 아닌 것 같을 때
괜찮아, 괜찮아
곁에서 내 편이 되어준

까치설

아무도 없는 마당에 서 있다

탱자나무 가시 울타리로
참새가 지나간 사이

까치가 물고 온
팽이가 마당을 돈다

가슴에 적힌
눈사람
종이비행기
하늘에 띄운다

군불 지핀 아궁이
그믐 달빛으로 몸을 씻고 있다

거꾸로 매달리기

노부부가
야외 체육시설 철봉에
거꾸로 매달리기 하며 구름을 읽는다
육십갑자
그림자가 울고 웃는
흑백사진 위에
달이 지고
새 햇살 돋은
노인이란 낯선 단어가
운동기구에 매달려 있다
햇살이 주머니에서 쏟아진다

제비가 떠났다

처마 밑 제비집은 소리를 잃었다
곁에 있던 감나무도 귀가 멀어졌다

이웃집 사이로
선을 긋고 사라진 봄

나는 제비가 물고 왔던 봄을 생각한다

햇살이 뜨기 전 빨랫줄에 앉아
하루를 연 제비들의 암호소리

그 비어 있는 속으로
귀 기울이며
어릴 때 듣던
땅 심이 차오르는 소리

나는 지금 제비가 떠난
햇살이 기울어진 빈 하늘에서
감나무의 발자국을 더듬는다

벽과 벽 사이

나는
욕심 봇짐을 끌고 꽃바람을 앞질러간다

쫓아간 그림자가 이빨을 드러낸다

바닥에 엎드린 어둠의 실체

갇힌 발목이 멀다

찢어진 욕심 봇짐이 빌딩 숲 통유리에

빗살로 상처 자국을 씻는다

숲에 가린 하늘이 숨을 고른다

꽃바람이 날개를 접는다

나는
눈을 비비적거리며 껍질을 벗는다

레일바이크를 읊다

벽 너머
산그림자가 따라온다
햇살은 한 뼘씩
앞서가는
은사시나무 허리를 휘감는다
으슥한 휘모리장단에
시침과 분침 사이에서
햇무리가 원무를 춘다
사라지는 것들은 모두
가슴을 숨기고
벗은 몸으로
풍류를 즐기는 호접꽃
벗어놓은 잎들이 겹겹이 시든다
강물은 마을을 돌아 나가고
낮은 물소리 내며
신음하는 풍경을 자아낸다
도시의 그늘은
이제 산 아래에서 더욱 작아지고
무뎌진 언어들 속으로 파고 들어가는 두 바퀴
푸른 햇살이 따라오고 있다

매화꽃 보러 가서

매화꽃이 남긴 발자국 속에는
아직 못다 핀 매화꽃 망울이 남아 있다
지난 한겨울 동안 가슴을 조이던
얼음장 소리, 눈발 소리도 남아 있다

매화꽃 보러 가서
꽃이 지나가는 소리에 귀를 기울였다
바람소리도 같고 물소리도 같은
꽃잎 자락이 오고 있었다

조금씩 흔들리는 물살도 있었다
거울 속 같은
물살의 속살
그것은 먼 기억이었다
매화꽃 보러 가서
기억의 한 끝자락에 매달렸다

누가 휴대폰으로
내 마음을 읽고 있었다

발자국

귀가 어둔 그녀의 사라진 흔적일까
두 줄로 그어진 걸음의 자취가
고달픈 생을 드러낸다
민들레 길 왔다가 돌아간
그림자는 외로움이 가득 담겨 있다
한 점의 변명도 구원 못하는
질곡이 슬픔으로 남아 있다
때로 기쁨인 듯 줄을 지으며
한 세상의 고비를 그려 놓고 있다
사라져간 신발이 바람 속에
베어 잊는 자취의 그늘로
해독할 수 없는 길이 남아 펄럭인다
다시 돌이킬 수 없는
여운이 지워지지 않은 낙서
일체의 희망이 무위로 찍혀 사라진다
모래밭의 유연한 살갗을 밟고
푸른 새벽을 꼬드기는

토돈 감리

신발을 벗고 토돈 감리를* 걷는다
어린 날의 길이 풀려 나온다

빈 그릇 채워진 들녘에
어머니 동동거린 발자국이
허수아비 새들로부터 단어들을 불러낸다

철 지난 옷을 입은
320번지 남매들
빈 논바닥에 메뚜기를 그려낸다
아직, 아직은
흙도 공기도 살아있다

붉은 흙 고구마가
어른이 된 세월을 읊는다

감리 들녘이 흰머리가락을 휘날린다

걷고 뛰고 삼삼한
단어들이 타고 있는 완행버스가
거꾸로 돌아가는 시계 속에

별이 돈다

시곗바늘이 거꾸로 돌아간다

＊전남 담양에 있는 지명

찰나

알스트로에메리아꽃이
푸른 깃발을 들고 왔다

낮과 밤이
꽃병 속 초점을 흔든다

꽃잎 헛바닥들이
헛바퀴의 그림자로 떠돈다

시선이 어루만지는 개화
흐르는 물이 된다

꽃잎 하나
서쪽 하늘로 가는
빈 손바닥을 들어 올려본다

만남을 위한
생각이 오기 전에 떠난다

DMZ 바람

황조롱이가 등과 등 사이를 넘나든다

나목이 되어 서 있는
발신자도 없고 수신자도 없는 뒤틀림을
다독이며 북녘 땅을 아우른

녹슨 철모가 하늘을 이고
붉게 찍힌 꽃잎을 휘날린

깊고 깊은
노루가 들썩이는 암호 소리

바람이 육자배기로 풀어헤친다

꽃님이

빛과 그림자를 두른 빨간색 라디오
몇 해 전,
801호에 들어와 가족이 되었다
'꽃님이'란 이름을 지어줬다
801호 여자가 집에 있는 날은
가장자리에서
쥐 뜯어 먹은 것 같은 세상을
밖으로 옮어낸다
파랑새가 날아가기도 하고
자동차 바퀴 소리가 나기도 한다
흉악범의 가면을 벗긴
민낯이 드러난 날을 등지고
꽃은 피고 지고 바람은 흘러간다

해를 달이라고 우겨대고
달을 해라고 쏟아내는
거짓과 진실 사이에서
더듬이가 방향감각을 잃는다
시퍼런 꽃님이는
지지직거리며 몸살을 앓는다
몸살이 전염된

801호 여자가 주파수를 더듬으면
씻긴 듯 맑고 투명한
꽃님의 푸른 넝쿨이 다시
세상의 담장을 넘어 뻗어간다

고무나무

베란다 속 정원을 그리며
줄곧 고무나무에 시선이 꽂힌 그녀는
달이 뜨고 해가 질 때
쪼그리고 앉아
잎맥을 따라 숲의 노래를 한다
고무나무는 언제부턴가
다리를 웅크린 채
성장통이 멈춘듯하다
그녀 곁에 온 지 이십여 년
새끼 고무나무가 지나간
늙어진 허리로
그녀에게 이별 신호를 보낸다
안에서 밖으로 시선을 돌린다
그녀는
근육질이 되길 재촉했던
이십여 년의 어제와 오늘
햇살을 먹이고 싶었고
달빛을 먹은 이슬을 주고 싶었던
시간, 시간
떼어
동살 퍼지는 구릉지에 놓아주리라

낮은 자가 웃는다

흔하여 늘 눈 밖에 있지만
햇살을 품고 미소를 짓는다

주눅 들지 않은 매무새
뼈를 땅속에 심고
녹아내린 노란 빛살은
땅에 누워
환한 얼굴 내밀고 선 여행자

갑이 뻐기는 자리
빈집 후미진 뒷마당
바람 따라 꽃씨 틔운 꽃대는
구름이 흘러가는 그 어딘가에서
질펀하게 피어나
무수한 발길 짓밟힌대도
생존의 땅에서 환하게 웃고 있는
방랑자

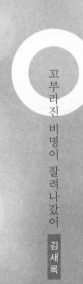

꼬부라진 비명이 잘려나갔어

김새록

제4부

감천 1

산등성까지 꽃이 피었다
잠든 골목으로 지나가는 뱃고동 소리
고양이 눈빛이 불을 밝히면
생의 기척이 담장을 넘나든다
손수레도
두 손 잡고 걸어가는 이야기꽃
성냥곽 같은 집들
달이 오른 저녁이면
민들레꽃은 골목 끝에서 다리를 편다
모퉁이 파수꾼 망초가 달빛에 눕는다
짓밟힌 군화 소리에 쓸어내린 가슴
골목에 묻고
연정을 나눈 바다를 품는다

감천 2

철수와 영희가 휘파람을 분다
골목은 선을 잇고

집들이 팔레트에 앉아 나비되어 날아간다
조각, 조각이 길을 안내한다

민들레꽃을 꽂고 하늘만 쳐다보고 있는 고양이
산복도로 귀퉁이에 바다를 초대한다

감천 마을은 아귀를 맞출 수 없다

문간방에 자취하는 소녀

좁은 계단이 입을 맞춘
파스텔톤 공기가 지붕을 덮는다

날개를 접고 서 있는 어린왕자
피난의 골목길이
생각과 생각 사이에서 날개를 펼친다

날개 1

서른 해를 훌쩍 넘긴 독수리
코로나19가 덮친
먹구름 속을 비행 하는 중이다

동쪽에서 해가 지고
서쪽에서 해가 뜨는 사이

해맑았던 새끼 독수리
익모초 잎을 씹는다

피라칸타나무에 둥지를 튼 박새가
휘파람 응원을 보낸다

수천수만의 날개로 하늘을 걷고 땅을 날아라

새끼 어미는 기도문을 외우며
동지선달 냉가슴으로 하늘을 맴돈다

날개 2

기호들이 지나간
가시에 찔린 붉은 꽃잎이
돌탑에 고인 눈물 속에서
외눈박이 인형을 씻어 내린다

꽃송어리를 물고
문자를 모아놓은
너도밤나무 사이로
종종걸음을 치자
골바람이 남긴 그림자가
산허리를 감는다

외길 길섶 붉은 꽃잎이 날개를 단다

발바닥에 핀 꽃

머리카락을 풀어헤친
풀잎이 눈 뜬 길을 걷는다
쥐똥나무 속에서
박새가 해독할 수 없는
휘파람 신호를 보내고
초점 흐린
오뉴월
보일 듯 말 듯 한
길을 뚫고 걸어 나온다
길에서 길을 묻고 나선다

한바탕 비바람이 지나간다
칸나가 핀 꽃밭을 지나
기지개를 켜는
재개발구역 한 귀퉁이
감나무 가지 위에
한낮의 꽃신을 그려 놓는다

다시 내게 왔다

신목 느티나무가 시퍼렇다
곁에 사는 토끼풀도 푸른 꿈을 펼쳐 놓는다
나도 덩달아 풀빛이다
지난겨울 꽃등을 밝힌 시클라멘은
하얀 장막을 친 채
베란다 귀퉁이에서 잠을 자고 있다
화사했던 자태는 한여름 불에 녹아내리고
창을 치는 한파에도 기 꺾이지 않은 채
초록 잎의 불규칙한 회색 무늬가
겨울, 봄, 여름의 징검다리를 건넜다

나비들이 사뿐히 내려앉는
돌돌 말린 꽃잎이
바람개비로 변신하는 마술에 취한다

봄, 여름꽃이 지고
너는, 가을과 함께 다시 내게로 왔다
얼룩진 마디가 피돌기를 하는
수줍은 얼굴로 인사를 한다

새벽을 읽다 2

낯섦이 콧노래를 부르며
바닷새가 날아가는 길을 따라
안테나를 맞춘다

우주선이 날아오를 것 같은
견우와 직녀가 서로 만나고 헤어지는
새벽하늘,

활주로는 여명을 안고 달린다
남태평양을 향한 설레는 바람

문자를 전송하는 틈으로
스마트워치가 작동한다

밥상을 차리다

오늘은
엇갈린 손가락으로 교집합을 찾아 밥상을 차린다

그이와 아들이 우선인 밥상

오늘은
밀쳐둔 여자가 우선이 된다
가라앉은 울퉁불퉁한 조각들을 주워 담으며
수저와 젓가락을 여자 먼저 챙기고
밥그릇에 밥을 담는다

여자의 몸에서 썰물이 빠져나가는 소리를 듣는다

에돌아나가는 빈자리

땅에서 바다에서 산에서 건져 올린
씨알이 굵은 기호를 모아 차린 밥상

오늘은
자리바꿈으로 밥상에 꽃이 피었다

풍경

정육백화점 옆 벚나무
노인이 갓길을 맴돈다
까만 미니핀 개가 주인이자 갑이다

몇 년째 사시사철
베란다에서 무심코 쳐다본 그림은
밤 낮 비와 눈을 가리지 않고
느릿한 걸음을 주고 받으며 걷는다

먼지들이 일어나
개가 밀애를 즐기는 풍경을 눈에 담는다
노인의 뒷모습에 햇살이 고인다

사계가 지나가고 비바람이 차례로 지나간다

자식들이 밥벌이를 따라 벗어난
서로의 줄을 붙잡고 있다

생의 비애가 뜬
노인과 애견 사이로 벚나무 푸른빛이 안긴다

뜨거운 밥상

꽃님이를 시집 보냈다

서울 하늘 아래 꽃님이가 없는
천호동에 먼동이 뜨면 가난한 배를 채우려고
인력시장으로 나간다
된서리가 내린 바람
호출을 기다리며 숨을 몰아쉬는
바로 앞에서 호출기가 막을 내린다

까치가 날아가는
엇갈린 길을 따라 아픈 허리를 끌고
둥지로 향하는 발이 무겁다
반지하 창틈을 뚫고 들어온 햇살이
군불을 지핀다
햇살 한 줌 속에 아이비가
발을 씻는다

낮은 천장에 하얗게 핀 안개꽃을
벽에 붙어 있는 십자가가 무심하게 바라본다

바람에 꺾인 자는 꽃을 피울 수 없다는 메시지가

도착하자

먼동이 다시 붉게 뜬다

익어가는 농막

농막 초입에 보초병으로 서 있는 장독
홍 여사 부부가 점호를 마친
활력소란 이름표를 달고
땀이 밴 흙에서 유월의 하늘을 수신한다

개구리 사랑 타령이 퍼진
툇마루 앞 맨드라미가
눈을 밝힌다

반백이 된 새댁들
서울 경기 부산에서 모여든
홍 여사네 농막
푸른바람이 문을 연다

붉은 잎들이
침묵을 열어젖힌 땅을 데운다

연탄을 지핀
진해 관사에 둥지를 틀었던
시간이 둥글게 익어가는
농막의 밤

혈기로 맺은 세월을
달빛에 태워 술잔에 담는다

달빛을 마신다

가로등

바람이 건들고 지나간 불빛은
무심하듯 무심치 않은 배려로
어둠에 포위당한 사람들을 안는다

긴장이 풀린 시간과 시간 사이
우두커니 선 가로등 불빛 아래서
처진 어깨는 밀려오는 통증을 뱉는다

지친 미소가 가로등 불빛 속에 번진다

당기고 밀치고 내려놓았을 하루
발자국들이
드문드문
지문을 남긴 거리에서

썰렁한 고요를 삼킨 가로등은
한사코 고개 숙인 낮은 자
허욕을 비운 수도자로 서 있다

보랏빛 제의를 입은 섬

귀와 두 눈이 번쩍이는
반월에서 박지 구간을 들어서자
바다가 발바닥 밑에서부터 길을 열어젖힌다
제비꽃을 실은 어선들의 오래전 침묵이 흐른
비밀 통로가 보일 듯 말 듯
물그림자 모여 사는 갯벌이 해무로 몸을 씻는다

저 보랏빛 제단에
가슴 깊은 곳에 구겨놓았던 회개를 꺼내어본다
보자기에 쌓여 있는 이 주먹만 한 물건은 무엇이던가
펼쳐보니 먼지 한 줌

어른의 옷을 벗기고
아이의 옷을 입혀 놓은
퍼플섬 사이, 사이

켜켜이 누르고 있던 생채기를 토해내고 마는,

당산나무

대숲을 가른 바람 길 따라
200살이 넘는 내동마을 당산나무에
해와 달이 걸려있다

아랜 마을 우물에 아이가 빠져 죽었다는

거미줄에 얽힌
애간장 녹는
그림자가
돌고 돌아
생기 돋은 푸른빛이 흘러내린다

윗마을 고샅길
살구나무 빈 까치집에
이슬이 잠든

꽃잎 같은
무늬가 피어오른다

내동마을
당산나무는
아이들을 품고 세월을 맞는다

마찰

밀고 당기는 촉수가 충돌한
고슴도치 주둥이가
명치끝에 박혀
집요한 냄새로 파고든다
개 짖는 쇳소리를 따라
허공에 삿대질하며
앞과 뒤로 흔들어대는
꼬리표
해독되지 않은 문자는
문을 가려놓은 커튼 위에
깊숙한 웅덩이를 판다
양순음과 홀소리가
문을 찢는 시퍼런바람
불빛을 삼키고
엇나간 혀에 찔린다

기우

'비둘기 먹이 주지 마세요'
그녀는 전생의 그림을 싣고 달린다
귀와 눈이 여러 개 달렸으나
보이지 않고 들리지 않는
아침을 몰고 간다
그녀 곁에 사람은 없고
그림만 모여든다 길섶 쥐똥나무가
침묵시위를 하는
자음 모음이 아닌 구구구 요란하다
시곗바늘이 지나가고 햇살이
길을 나선다
비둘기들이
눈에 밟혀 먼 산을 바라보며
허리를 편다
배부른 비둘기들이 세레나데를 부른다
눈이 희멀건 그녀 통장 잔고가 궁금하다며
쥐똥나무 곁에서 까마귀가 까악 소리를 지른다

역방향

시속 300km/h로 달리는 거꾸로 보기를 한다
뇌혈관의 신호등이 깜박거린다
뒷걸음치며
반항하는
뇌세포에 낀 녹을 닦는다
앞과 뒤가 바뀌었지만
동쪽 해는 서쪽으로 잘도 간다
미주알고주알 굴러간다
흘러가는
산과 들이 고개를 끄덕인다
저녁이 따라온다
한낮의 고요
어제라는 단어가 지나간다
내일의
역방향은 교차로가 없다

나중에 웃는다

유권자를 찾아 멍군 장군 몸놀림
목놓아 손을 잡아달라 하고
목놓아 손을 잡아주겠다는
말, 말,

난투극이 펼쳐진 바람을 휘어잡고
머리와 다리가 분해되어 꽂혔다가 자지러진다

계급의 사다리를 오르내린
같으면서 같지 않다고 우겨대는
카멜레온들

백과 흑 흑과 백
찢기고 찢어진
개표방송은 계속 중개 중이다

앞서 흐드러진 꽃잎
뒤쫓아 오던 바람이 앞지른다

먼저 핀 꽃이 지고 나중에 핀 꽃이 깃발을 꽂는다

시집해설

순수시의 묘사,
그 방법론

박미정
(시인, 문학평론가)

순수시의 묘사, 그 방법론

박미정(시인, 문학평론가)

1.

김춘수는 현실과 역사와 문명의 윤리적인 것의 의미가 없는 "무의미 시"를 "일종의 순수시純粹詩"라고 말한 바 있다. 즉 순수시純粹詩란 언어에서 특수한 성격을 띠고 있는 부분인 시적 요소를 뽑아내어 그것만으로 하나의 작품을 구성하는 것이다. 권혁웅은 김춘수의 무의미 시론이 참여시에 반대하고 순수시의 이론적 입지를 확보하려는 노력에서 기원한다고 파악한다. 그는 무의미가 '의미 없음'을 뜻하는 것이 아니라 사회적 의미가 배제된 시적 언어이며, 순수시론의 극단적인 한 전개라고 주장한다.

김새록 시집 『꼬부라진 비명이 잘려나갔어』는 사물의 본질을 추구하려는 지향의 시를 선보인다. 그리하여 시에서 묘사는 직접적인 정서 표출을 절제하고 있다. 그것은 사물을 있는 그대로 드러내기 위한 언어적 각성이며, 최대한 사물 자체를 있는 그대로 드러낼 때 묘사를 사용하고자 하려는 데 있다고 하겠다.

2.

　김새록 시인은 다음 시 「회로 하는 달」에서 "난간이 없는 돛대에/ 전생을 의지하여/ 모호한 전정의 유성을 빨아들였다"라고 하여 존재의 움직임 자체를 묘사하고 이미지를 제시함으로써 그 이미지가 다양한 의미를 불러일으키는 효과를 획득하고 있다. 이러한 시적 언술은 "침상은 흩날리는 구름 사이/ 온갖 별자리들로 우물을 깊이 품었다"라고 하여 상태를 묘사하는 의미를 부여함으로써 서술적 이미지의 순수한 상태를 형상화해내려는 화자의 의지를 보인다.

　　　　나는 육신을 자르는 고통을 씹으며
　　　　무지갯빛 숲과 작별을 고했다
　　　　옹달샘 물을 먹고 자라나는
　　　　아프리카 햇살 속으로 달렸다
　　　　메콩강 줄기를 피해가며
　　　　삭막한 아시아 협곡으로 잠적했다
　　　　살점을 후벼 파는 저주는
　　　　죽어서 다시 태어나는 길이었다

　　　　뒤틀리는 희망은 아예 끊어지고
　　　　하얗게 변신한 백골이 되어
　　　　나의 정령은 질펀한 사막으로
　　　　찰츠부르크의 짙은 밤을 지나 쏟아졌다
　　　　억압에서 탈출한 이방인들 속에서

피 멍든 얼룩 자국을 남겼다

나는 마침내 말라버린 타인으로
젖은 땅을 일구어 꽃을 피워냈다
천사의 눈부신 얼굴이 열리고
나는 찬란한 꽃의 신호에 따라
소련 탱크에 짓눌린 헝가리 소녀의
쓰라린 절규를 가슴에 가득 채웠다

– 「프라하 통신」 전문

　시인에 의하면 '프라하 통신'은 김춘수 〈부다페스트에서
의 소녀의 죽음〉을 인용했다고 한다. 특이한 발상이며 이
러한 시작 태도는 시인의 독자적인 작품 행위라 할 것이
다. 살펴보면 전체적으로 '나'라는 타자의 행동을 병렬적으
로 병치하면서 묘사적 이미지를 그려내고 있다. 1연에서
"–했다"라는 과거 진행형의 반복을 통해 일련의 통신이 지
니는 상징적 의미와 함께 긴박한 움직임 자체를 묘사하고
있다. 그 묘사는 '나'라는 타자의 개별 신체 동작에 함의하
는 의미를 분명하게 드러내지 않고, '나'라는 타자의 묘사
는 은유와 상징적 의미를 부여할 만한 의미를 드러내고 있
다. 이처럼 반복되는 의미에 노출된 독자는 시적 어조에
쉽게 굴복당하게 된다. 바로 이러한 설득력은 텍스트 내부
의 의미화 작용으로 표현되어 독자의 감응을 이끌어낸다.
즉 '나'라는 타자의 움직임을 시종일관 면밀히 묘사함으로
써 "소련 탱크에 짓눌린 헝가리 소녀의/ 쓰라린 절규를 가

슴에 가득 채웠다"에 이르게 하는 전략도 눈부시지만 비장
함까지 여겨지도록 하는 데 성공하고 있다.

　한편 「밤의 소실점」은 현실 너머로 초극하려는 의지가 시
적 형상화를 꾀했다.

　　밤나무가 **빽빽**하게 서 있었어
　　여름과 가을 사이로

　　비구름이 건들바람을 밀어냈어
　　허수아비는
　　들판에서 새떼를 몰아냈었어

　　적갈색 깃을 세운
　　쑥부쟁이는 둑길에서 해를 차냈어

　　연주회 아침이었어
　　붉은 햇살이
　　하늘 끝에서 손 하나
　　금을 그으며 사라지는

　　꼬부라진 비명이 잘려나갔어
　　숨결이 잦아진 숲은
　　다시 일어설 기세로 흔들렸어

　　봄과 겨울 사이에서 별은 더욱,

빛났어 길이 보였어

　　　　　　　　　　　　　　– 「밤의 소실점」 전문

　　이 시는 길을 찾는 데 근거를 두고 시인의 내적인 의지를 확산시키고 있음을 볼 수 있다. 다시 말해서 길을 찾아 헤쳐 나간다는 확인으로 인한 현실적인 상황 의식과 거기에 연유하여 존재와 소멸의 부연 설명은 소실점을 찾는 진술 설명으로서 길을 찾는 통로다. 그러나 흐름은 빨리 진행되어 "꼬부라진 비명이 잘려나갔어"라고 하여 대상에 대한 인지는 순간적으로 발견되도록 한다. 그것은 사물의 현상 자체로 돌아가 "빛났어 길이 보였"다는 사물의 실재를 그려내려 한 것이다. 이러한 효과는 다음 시에서 동일하게 나타난다. "실타래 덫에 걸리지 않으려고/ 실을 타고 해가 졸고 있다/ 거미는 키가 큰 도토리나무/ 끄트머리로 옮겨와 집을 짓는다/ 막힌 길이 버티고 있다/ 헛바퀴를 돈다/ 공기가 뜨거워질 때까지/ 엇갈린 줄을 가위질하자/ 바람이 지나가고 굴착기 소리가 들린다// 거꾸로 세상 펼쳐보기를 하는 거미/ 빠져나간/ 집 한 채/ 나는 동그마니 빈 하늘을 본다"(「거미집」 일부)에서 궁극적으로 나의 사유를 보여주는 언술의 특징을 환유적 언어로의 전환을 이뤄내는 묘사를 선택한다. 즉 직접적인 정서 표출을 절제하고 언어적 각성으로 묘사를 선택한 것이다. "나는/ 욕심 봇짐을 끌고 꽃바람을 앞질러간다// 쫓아간 그림자가 이빨을 드러낸다// 바닥에 엎드린 어둠의 실체// 갇힌 발목이 멀다// 찢어진 욕심봇짐이 빌딩 숲 통유리에// 빗살로 상처 자국을 씻는다// 숲에 가린 하늘이 숨을 고른다// 꽃바람이 날개를 접는다// 나는/ 눈을 비비적거리며 껍질을 벗는다(「벽과 벽 사이」 전문) 또한 묘사에 주력하면서 나의 내면을 찾아가는 직접적인 정서 표출을 절제한다.

3.
　　막걸리 한 사발에 취기가 오른
　　푸른 달빛이
　　해운대아이파크 귀퉁이에
　　허기진 몸으로 걸쳐있다
　　광안리바닷가 갈매기가 이기대의
　　못다 핀 해국 소식을 전하자
　　나는 그냥, 실없이 웃는다

　　마천루에서 흘러나온 불빛은
　　파도의 울부짖음 곁에 있고
　　불 꺼진 편의점 위의
　　흐려진 문자를 따라가다 보면
　　갇힌 기호들이 열리고

　　낡은 침대로 비집고 들어온
　　그믐에서 보름으로
　　돌아가는
　　환한 발자국

　　　　　　　　　　　　　　－ 「벙시레」 전문

이 시 '벙시레'라는 표제는 자연에서 전이된 시적 화자의 표정이다. 화자의 시선이 구름을 벗어나는 달의 표정에 의한 감각을 통해 내면을 구성해 낸 것이다. 이러한 감각적 형상화는 달빛에서 불빛으로 자연스럽게 환치되어 "흐려진 문자를 따라가는" 자신을 바라볼 수 있는 거리를 확보하게 되며 동시에 신비와 정서적 공동체로서의 신화적 베일이 벗겨지는 "갇힌 기호들이 열리는" 순수한 감각성을 구현한다. 이러한 명징함은 낡은 침대를 비집고 들어왔음에도 불구하고 그 자연을 타자로 인식하게 되어 '발자국'으로 표현되는 자아의 내면이 표백되고 있다. "노을 울컥거리는 소리 듣는다/ 서쪽은 손을 놓고/ 단풍 타는 소리에 귀 기울인다// … 중략 …// 지금 울고 있는 새는/ 단풍나무 따라 날아갈 것이다/ 새의 날개를/ 바람이 가만가만 흔들고 있다/ 붉게 탄 꼬리가 점점 사라진다"(「서녘 하늘」 일부) 시적 화자의 시선은 '서쪽'을 장악하고, 시선과 사물이 만나는 사태를 주시하고 있다. 시적 자아의 내면과 외부 세계의 움직임이 주는 영향에 관심 가지고 있다가 비로소 자연의 움직임을 내면화하며 궁극적으로 '따라'하는 합일을 지향한다. "산등성이까지 꽃이 피었다/ 잠든 골목으로 지나가는 뱃고동 소리/ 고양이 눈빛이 불을 밝히면/ 생의 기척이 담장을 넘나든다/ 손수레도/ 두 손 잡고 걸어가는 이야기꽃/ 성냥곽 같은 집들/ 달이 오른 저녁이면/ 민들레꽃은 골목 끝에서 다리를 편다/ 모퉁이 파수꾼 망초가 달빛에 눕는다/ 짓밟힌 군화 소리가 쓸어내린 가슴/ 골목에 묻고/ 연정을 나눈 바다를 품는다"(「감천 1」 전문) 에서 자연과 사물의 역동성을 시각, 청각, 촉각, 공감각 등이 중첩되어 매우 선명하고도 생명력 있는 이미지들을 만들어 내고 있다. 이러한 산점 투시를 '바다'라는 일점 투시로 주목하게 하는 하나의 깊이를 부여하였다.

　"동해남부선 송정역/ 미아가 되어 떠나고/ 숱한 발자국 남기며 새하얀/ 모래톱을 퍼날랐어/ 썰물이 북쪽으로 돌아서는 동안/ 플랫폼은 접혀지고/ 널부러진 해파리 허리가/ 서럽게 할퀴는 군무로/ 수은등 긴 팔을 휘저었어/ 파도소리를 쓰러뜨리는/ 연안의 서치라이트가 흐느꼈어/ 갈매기 호곡소리 내뱉는/ 해녀 닮은 풀잎을 적시고/ 녹슨 철길이 지워졌어/ 저녁이 실어 나르는/ 산등성이/ 송정역의 쓸쓸한 밤을 풀어냈어/ 숨결이 방파제 밖에서 쓰러지고/ 밤은 또 오고/ 오래전에서 오고 있는 우리의 약속은/ 이제 어디서 만날 수 있을까(「무정차 역」 전문) 엘리엇은 "시는 정서의 방출이 아니라 정서로부터의 도피며, 개성의 표현이 아니고 개성으로부터의 도피다"라고 내세운 바 있다. '퍼날랐어', '휘저었어', '지워졌어' 등의 현상을 형상화하려는 시도는 화자의 목소리를 지우는 방법으로써 이미지로만 이루어진 일종의 순수시가 된다. 사물 자체가 빚어낸 이미지를 목적으로 한다고 할 것이다. 이것은 시인들의 통념이 아닌, 김새록 시인이 만들어가는 하나의 흐름이 아닌가 하는 생각도 할 수 있다. 그리하여 다음 시를 살펴보기로 한다. "함박눈 오는 날 펭귄마을에는/ 처마 밑 고무래가 눈사람을 세운다// '시방 신장로로 와부러—랑께!'/ 외쳐대는 골목/ 발자국들이 넘나든다// 단발머리 나일론 치마를 입은/ 벽화 속 가시나가/ 수줍게 웃고 있다// 눈 덮인/ 샘물 속에서 어린 내가 보인다// 오늘이 녹아내린다// 담벼락에 쓰여 있는 문장/ '도구통에 벌거지 있으께 깨깟이 씨꺼라'// 부엉이 울음소리/ 사투리로 불을 지핀다// '그렁께 뭘라고 서두러부러야'/ 불이 나서 노인들이 떠나버린 마을에/ 버려진 것들의 주소지// 시간 여행 엽서 한 장이/ 눈빛처럼 거시기하다// 펭귄 마을엔 펭귄이 없다"(「펭귄마을」 전문)와 같이 펭귄마을을 면밀히 묘사함으로써 펭귄마을 자체가 눈앞에 현존하도록 성공하고 있다. 남도 사투리를 제시함으로써 그 이미지가 다양한 의미를 불러일으키는 시적 효과를 획득하고 있다. 대상에 대한 새로운 해석과 인식을 위해서는 순수한 상태를 형상화해내려는 것을 확인할 수 있다.

　　하늘에서는 어떤 텃밭을 가꾸시나요

　　그곳에서도 아이를 갖게 해준다는

　　흰배롱나무가 있나요

　　당신의 한숨 소리 들어주는

　　동백꽃과 동박새도 있나요

　　대나무숲 댓잎들이 안부를 묻습니다

　　세월의 경전에 눌러쓴

　　창고 깊숙이 감자 씨 두듯

　　설움이 어머니의 일기를 읊어줍니다

＞

텃밭에 고단함을 동여매고
빈 땅이라면
손바닥만 한 자리라도
상추며 가지며 오이를 심었던
거북손 마디, 마디
자식들 입에 넣어주었던
풀물 밥상

눈시울 붉힌 햇살 걸쳐놓고
높지도 낮지도 않게
환한 얼굴로 동백꽃을 맴돕니다

마당에 누워있는 해그림자는

빈 항아리 곁을 지키고 있는
백명자 꽃잎 위에
당신의 울고 웃는
꽃무늬 몸뻬 바지를 새깁니다

― 「어머니의 텃밭」 전문

　시의 흐름이 그리움의 물결이다. '묻습니다', '읊어줍니
다'의 감성적 작용은 구체적인 것에다 순수한 정감을 불어
넣는 시인의 시작 방법의 일부인 언어표현의 테크닉이 뛰

어남도 한몫한다. 또한 어머니의 자식 사랑 '풀물 밥상'을 배경에다 상징적 의미를 조화 있게 구사하여, 기교가 없어 보이는 '맴돕니다', '새깁니다'의 어조를 보다 기교가 있게 이끄는 시작 태도는 그만이 지닌 방법론이라 할 만하다. "은하수가 그려진 치맛자락 흘러넘치고/ 교교한 광시곡이 구름 사이로 펼쳐진다"(「달빛 연주」 일부)에서 영웅적 환상곡 풍의 기악곡을 제시한 것은 어머니의 자식 사랑이 어느 한 형식에 치우침이 아님을 환기 시키고 있다. "여인의 땀방울이/ 까맣게 박혀 있는 점, 점/ 여름을 불사른다"(「산나리꽃」 일부)의 의식은 어머니의 삶과 연유되어 있다. 그리하여 '불사른다'의 의미는 비극적인 것이 아니라 일종의 승화 의식이라고 보아야 할 것이다. "철 지난 옷을 입은/ 320번지 남매들/ 빈 논바닥에 메뚜기를 그려낸다/ 아직, 아직은/ 흙도 공기도 살아있다"(「토돈 감리」 일부) 전남 담양이 고향인 시인은 토돈 감리에서의 추억을 못 잊고 있다. 빈 논바닥을 떠나지 못하는 메뚜기가 표상되는 의미가 그것이며, 순수한 삶을 꿈꾸는 의지가 잘 나타나 있다. "세상이 내 편이 아닌 것 같을 때/ 괜찮아, 괜찮아/ 곁에서 내 편이 되어준"(「가족」 일부) 가족을 시인은 벗어날 수 없는 고리라고 말하며, 언성을 높이다가/ 돌아서면 그 언성이 가시가 되어 눈물짓는다고 하여 절대적인 인과로 결속되어 있음을 보여 주고 있다. 그 결속은 애틋함과 연결되는 인정을 그대로 느끼게 한다.

4.

　　자정의 하늘 건물 모퉁이에서

　　검은 별 하나가 날아간다

　　냉기를 머금은 시간이

　　의연히 걸어 나오고

　　감춰진 날개는

　　시나브로 흔들리며 저문다

　　같이 저만치 익살을 부리며 오는 동안

　　여린 갈퀴가 귀를 세운다

　　가끔 바람이 감기는 소리에

　　시린 눈을 감는다

　　얼굴 반쪽이 날아가는

　　반도의 음침한 헛간에서

　　세상의 내일을 꿈꾼다

　　언제나 시간의 깃털은 마르고

　　바람 부는 쪽에서

　　다시 시작된다

- 「흡혈박쥐」 전문

　　우선 이 시에서 찾을 수 있는 것은 희망의 갈증이다. "바람이 감기는 소리에/ 시린 눈을 감는다"에서 볼 수 있는 것은 외부 간섭 속에서 굳건히 지켜내고자 하는 노력이다. 음침한 것에 잠식되지 않기 위해 빨아들여야 하는 숙명을 가진 박쥐의 시간은 바람 부는 쪽에서 시작되므로 독자의 상상력은 시인의 시야를 떠나 자유로운 세계를 응시할 수 있는 터를 마련한다. "언제나 시간의 깃털은 마르고"라는 사실을 깊이 인식하는 시인의 의도가 독자에게 공감대를 일깨우는 요소가 될 것이며, 의미의 흐름을 증폭한다. 결구의 "다시 시작된다"는 계속성을 유지하는 행위는 거듭해 온 삶의 역정을 뒤로하고 극복이라는 문제의식과 결부된다.

바다의 늑골 안으로 불빛을 품는다
선착장 뒤편으로
독기 서린 파도가 일어서고
풍문이 차단된 어둠이 잠긴다
물보라가 돛대 끝에서
휘어지는 동안
먼 수평선이 항로를 연다
묵언 속에서 피어나는
북극의 한랭전선
태곳적 대서양의
일천 물너울이 흘러내린다

열기가 넘치는 심해어들
닫힌 귀 하나의 문을 열고
온갖 세상 창문들은
소리를 일으키며
부서지는 비수의 끝머리를
파도의 비망록에 던진다

－「파도의 비망록」 전문

「파도의 비망록」은 파도의 시뮬레이션이다. "선착장 뒤편으로/ 독기 서린 파도가 일어서고"의 차원 높은 긴장은 신선하면서도 공감각과 시각의 기묘한 기법 연출이다. "묵언 속에서 피어나는/ 북극의 한랭전선"의 구조는 묘한 율조를 이루어 시의 정적 또는 동적인 변화를 이루면서 현실에 대한 인식을 예리하게 표현한 언어 감각이다. "닫힌 귀 하나의 문을 열고"의 섬세한 감각은 "일천 물너울이 흘러내린다"는 판타지를 그리다가 "부서지는 비수의 끝머리를/ 파도의 비망록에 던진다"는 감성을 때리는 청신한 충격은 실제 사건이나 과정을 시험적으로 재현하는 시인의 시작 방법론이라고 하겠다. "낯섦이 콧노래를 부르며/ 바닷새가 날아가는 길을 따라/ 안테나를 맞춘다// 우주선이 날아오를 것 같은/ 견우와 직녀가 서로 만나고 헤어지는/ 새벽하늘,// 활주로는 여명을 안고 달린다/ 남태평양을 향한 설레는 바람// 문자를 전송하는 틈으로/ 스마트워치가 작동한다"(「새벽 놀이」전문)에서, "낯섦이 콧노래를 부르"는 태도는 의도된 행위가 아니고 시인의 가식 없는 순수, 그 자체라고 하겠다. 바닷새가 날아가는 길을 따라 안테나를 맞추는 자연 상태로 흘리게 됨으로써 새벽하늘을 의연히 바라볼 뿐만 아니라 삶을 재생시키는 "스마트워치가 작동한다"는 계기를 마련하고 있다는 점이 가슴을 울렁이게 하는 것이다.

5.

김새록 시인은 수필가이며 시인이다. 시는 수필보다 늦게 출발했으나 단단하다.

시집으로는 2020년 2022년 부산문화재단 창작지원금을 받아 두 번째 시집 출간이다. 제2시집『꼬부라진 비명이 잘려나갔어』는 사물을 고정된 시선에서 벗어나 다르게 보는 시인의 시적 인식이 깊이 새겨져 있다. 언어의 한계를 딛고 일어나려는 비상 또한 예사롭지 않다. 시인은 사용하는 메타포의 의미를 확장시켜, 시를 신뢰할 수 있게 한다. 특히 사물 본질의 의미를 추구하고자 하는 시 세계와 긴장을 견지하고 있어 다음 시편들을 기대하게 된다.